KB064351

통증, 너를 기억하는 신호

# 통증, 너를 기억하는 신호

1쇄 발행일 | 2018년 11월 20일

지은이 | 박지영
펴낸이 | 정화숙
펴낸곳 | 개미

출판등록 | 제313 – 2001 – 61호 1992. 2. 18
주소 | (04175) 서울시 마포구 마포대로 12, B-108호(마포동, 한신빌딩)
전화 | (02)704 – 2546
팩스 | (02)714 – 2365
E-mail | lily12140@hanmail.net

ⓒ 박지영, 2018
ISBN 978 – 89 – 94459 – 99 – 8 03810

값 10,000원

# 통증, 너를 기억하는 신호

박지영 시집

개미

'『記言』(기언)' 말의 중요함과 위험함을 두렵게 여겨 말하면 반드시 써서 지키기에 힘쓰는 한편 날마다 반성한다는 뜻을 가진 말이다.

딸의 소천을 계기로 장애인 부모의 입장을 섣불리 대변하거나, 장애인 가족에 대한 고통을 함부로 입 밖으로 내어 뱉지 않으며 현재 살아있다면 스물다섯 살일 딸과의 약속을 실행하고 있다.

병원 두 곳을 오가며 딸과 엄마의 병상을 지키고 비슷한 시기에 소천을 지켜봐야 하는 천형을 안고 살아온 지금도 그 체온을 잊을 수가 없다.

첫 번째 시집 『홀』에 이어 두 번째 시집이 될 『통증, 너

를 기억하는 신호』는 역학적 에너지에 의해서 어떤 전위
자(부모)가 만들어내는 것 같은 전원(자식), 즉 생명체에
대한 생태적 電源(전원)의 작용을 말하는 것이다.

세 아이의 엄마로 살면서 아이들이 아프면 자궁이 끊
어지게 아픈 통증을 느끼는 이유도 그러한 연유에서 비
롯되었는지도 모른다.
장애를 가진 모든 가족을 위해 이 시집을 '위로'로 세
상에 내어놓고 싶었다.

눈길만 주어도 서로를 알 수 있고 지극히 편협되어 있
는 가장 고집 센 모성애를 가진 모든 분들이 행간에서 더
욱 위안을 얻기를 바라는 마음에 17년 동안 병상일지를
적으며 기록한 것들을 詩(시)힘을 빌어 부끄럽게 내어놓
으니 부디 위로가 되어 넌출거리는 운동성을 갖기를 바
란다.

2018년 11월
박지영

# 차례

1부

# 모종

　'아림아 고개 들어' 하면 고추대에 기댄 꽃이 환하게 피었다 분수대 앞에서 뛰노는 아이들의 소리와 물바람이 살포시 지나도 초점이 맞지 않는 안경을 쓰듯이 반응이 없었다

　문화동 극동아파트에 사는 너는, 한 계절을 곧추세우는 고추대에 묶이어 핀 꽃이었고, 달을 향한 너의 머리 위로는 기러기가 지나갔다

# 운동성

상대적이라는 것은 하늘이 담긴 호수의 모습이거나, 미친 사람처럼 소리를 지르거나 물건을 던진 후 또 다른 누군가에게 귀를 기울이는 것인지도 몰라

결혼생활에서 너는 나의 전부였고, 냉혹한 진단의 의사의 말을 부정하고 너에게 공간감각 현실감각이지 않았을까 하는 어림짐작으로 위로받고자 하지 않았다 답을 하듯이 너는 상대방의 반응에 민감했다 넌출거리는 나리꽃처럼 이쁘게 단어가 꽃처럼 떨어진다 '야', '아이', '으', '엄마', 혼잣말이 여전히 많다 진전 없이 앞으로 나가는 다리를 번갈아 움직이며 엎드려 기어가기를 시도한다

꽃들은 대가 부러지면 엎드려 다시 시작하여 허공을 밟고 오르지만 사람들은 척추힘이 부족하면 기대어 산다

# 직립

더위에 지친 도라지꽃처럼 다리에 전체적으로 힘이 없다 숨의 주인은 기분이 좋지 않는 날이다

반복하고 잊어버리는 풀꽃처럼 세우기, 엎드려 기어가기, 기존의 행동, 상대의 똑같은 반응에 싫증을 느끼는 느낌이 든다

시작은 늘 창대하였으나 아림이의 재활은 재난에 가깝다 들숨에 가까운 일상이기 때문에 더욱 그러하다

# 화살

아이의 무게를 감당하지 못하고 소독저처럼 붙어서 슬
픔의 살이 되어 과녁을 향한다

지기를 받아야 비로소 하늘을 이고 일어서는 해바라기
처럼 바닥에 배가 닿은 채
다리를 번갈아 움직이며 어깨의 힘을 추진력으로 사용
한다

슬픈 음률에 라흐마니노프에 훌쩍거린다 약 올리듯이
사계를 틀자
빠르게 경쾌한 음악이 좋은지 미소와 웃음을 짓다가도
선율이 바뀌면
울어버린다 49제를 지내는 산 자와 죽은 자의 인연처
럼 남은 자의 울음처럼 그렇게

공기의 저항에 우는 화살은 감정이 풍부하고
자신의 분위기를 느낄 줄 아는 듯하다

아무리 뇌가 스폰지처럼 보이는 사진의 주인공이라도
너는 아름다운 여성성을 가진
내 딸이라는 것이 수의 배열처럼 적확하다

# 다양성


메아리처럼 혹은 메일링처럼 1997-11-10 찡찡대며
안아 달라는 신호가 왔다


알을 깨고 나오는 눈과 볼을 손으로 부비며 '어이',
'아', '으' 의사표현이 복잡해졌다

모든 것이 계절의 상징처럼 꽃들이 기호처럼 보이듯이
계절은 문득

여름을 지나 가을로 접어들며 팔랑거리던 나비가 베란
다를 훌쩍 뛰어 넘는다


소리의 연음을 내며 엎드려 기어갈 때 낮은 포복에 엉
덩이를 번갈아 움직이며

앞을 향할 때 조타수의 손길이 느껴지는 숨은 가늘게
떨림으로 생명이라서

내 소중한 뱃속에서 기어 나온 손님이라서 지극하였다

# 어제를 잊고 오늘을 처음처럼 시작할 때

포말이 부서지듯이 커튼을 걷는 순간 눈부시게 자신의
놀이에 익숙해진다는 것을 알지
　아림아 스스로의 시간표대로 움직이려 하고, 놀이 감
각을 잃으면 안 돼 그렇지?
　다른 사람이 자신의 물건을 만지는 것에 예민할 수밖
에 없으니까 너는 음악의 뮤즈처럼
　반응하잖아

　손바닥으로 얼굴을 부비거나 입에 대고 '아' 하며 놀
이를 즐겨볼까 어제를 오늘이 기억을 못하듯이 늘 그래
왔듯이 다리 떨림은 내게는 감동이다 뭐 올림픽 금메달
정도?

　고갈된 양수 속에서 푸석거리는 추락을 맛보다 태어난
너를 향한 나의 발원은 밤을 낮으로 알고 주무르는 기도
같은 시간이 전부일 뿐 그때마다 너는 위로를 하듯이 사
이에 다리에 힘을 주며 뻗는 그 싱싱함이야 말로 바다에
서 건져진 물고기처럼 혹은 '난의 촉이 환하게 향으로

밝히는 것 같은 감사한 시간이었다는 것을 알지?'

# 아침에 기분 나쁘게 해서 미안해

아침이면 엄마의 목소리처럼 이쁜 TV에서 나오는 음악도 풀잎처럼 그늘이 졌다는 것을 밤새 병마와 싸우며 지르던 소리를 들으면 그냥 너는 훌쩍대며 울어버렸지

아림아 그렇지만 그것은 방송사고야 알겠니? 그것은 엄마가 계단을 내려오다 헛디디어 삔 발목처럼 판단력이 생겨서 너의 어제가 조금은 연장되어 오늘 잊어먹기 위한 두려움일 수 있다는 것을 엄마는 알아서 '아림아 안 돼' 라고 말하면 아림이는 하던 일을 멈추거나 입을 삐죽거렸지 너는 신의 음성을 아는데 몽매한 인간의 판단으로 너의 고통을 가늠한 것이 사고인 아침

# 맨바닥

동네 애들이 찾아와 놀다보면 동선에 부산물들이 쌓이고, 거실 노면이 질척거려 그랬다는 것을 아빠의 술병과 과자부스러기 음료수를 치우다 알게 되었다

수국이 밤새 태풍에 시달리는 것처럼 일상이 꽃비늘처럼 쌓여만 갔다

팔과, 다리, 몸체 등이 굳어진 팔을 들어 올리고 발목을 지나 발가락 끝을 세울 때 바다가 허리를 굽혀 태양을 잉태할 때처럼 아름다웠다 날마다 그 아름다움에 지나치는 그 또래를 흘끔거리며 쳐다보고 짠 바닷물을 눈에서 한소쿰 쥐어짜다 고갤 숙이며 쏙을 잡듯이 네가 나올 것 같아 낯선 징후가 시작되었다

# 항상성

통화를 하다가 힐끗 너를 쳐다보는데 상대방의 통화에
내용을 아는 듯 쳐다보는
부용화를 보자 화답하듯이 '응', '으', 미소다

오른쪽, 왼쪽을 가리키며 손으로 허공에 손사래 치는
데
반응을 보이는데 가만 갑자기 재미있어 나누던 대화를
멈추고
내가 왼손으로 이러는 건가 하면서도 다시 시작

'아림아' 오른손으로 '예쁘다' 왼손으로도 '예쁘다' 하
면 방향 지시등이
되고는 했는데 그것이 아니었다 그보다는 우아하게 음
악 소리에
반응을 하는 아가씨 기적 같은 하루를 바라며 헛된 망
상의 노를 젓는다

# 아림이

이상우의 노랫말처럼 그녀를 만나기 전 3미터 앞이다
'아림아, 애, 어이' 하고 부르자
잠시 눈을 맞춤은 입맞춤 같았다

혼잣말 주로 모음 위주로 떠들어 대자 '아', '으', '이',
'야', '와오' 라는 비명에
가까운 소리를 지른다 오늘은 기운이 좋으시네

어깨를 이용한 힘에 의지해 나아가는 중에 다리를 노
처럼 사용하시는데 망중한의
시간에 그마도 기적이다

며칠 잠깐 감기 다녀가시고, 가끔 경기할 때 시간이 길
어져 가슴이 오그라진
할미꽃 같은 나는 그마져 그립다는 생각이 들었다 한
참 뒤에서야

# 늦더위

달을 가로질러 나르는 새들처럼 의식도 시간의 경계
사이로 흐른다

풀꽃처럼 상대를 의식해 대화를 요청하는 반응이 늘
새롭다
물끄러미 달을 보듯 쳐다보는 시선이 단조롭다 이렇듯
환자와 가족의 경계는 모호하다

가끔 잠꼬대를 하는데 잠결에 소리를 지르거나 웃거나
신경질적 반응은
자다 놀라 깨어난 나의 질문은 매번 같다 '아림아
왜?'라고,
아림아 꿈꿨어?라고 묻거나 "엄마 옆에 있어"라고 해
주지 못했을까라고
되물을 때가 많았다

지리한 폭염, 긴 가뭄처럼 고추대처럼 섰던 목 가누기
가 변화가 없다

# 너를 잊기 전에 세상에 너를 그려놓을 거야

뜨거운 낮에 물을 주면 기포처럼 반사된 열에 의해 꽃
이나 잎들이 타버리기 때문에
　물은 밤에 혼잣말처럼 주는 거라지?

　설명하려면 호흡이 가빠지던 너와의 거리는 원근의 깊
은 동선이 배려한 담뱃불처럼
　선명하게 달아오르는 불빛처럼 선명하고 깊고 밝다 웃
음은 슬프다

　외로울까봐 머리맡에 두던 장난감 음악 감상을 동시에
시도하던 너,

　살짝 문 뒤에 숨으면 주변을 돌아보며 서성이던 눈빛
　안아서 일으키는 순간 혹은 걸을 때
　목을 가누고 허리를 세우는 20초
　힘쓰는 엄마는 깊은 수렁에서 나온 호랑이가 된다

　몸을 만질 때마다 반응하는 너의 가슴 어깨 배 등을 만

지며

　'아림아' 하면 까르륵대며 손으로 방어하는 간지럼 놀
이 너를 보내고

　욕실에 물을 틀고 얼마나 울었는지 몰라 이제는 세상
을 향해 너와 같은 애들이

　조금은 편하게 있다갈 문화운동을 하려고 한다

# 가끔은

살아서 움직인다는 것과 살아있다는 것은 장난감 걸이에서 장난감 떼어놓고 노는 것 같다
배 위에 올려놓으면 배에 힘이 들어갔지 가끔 다리를 오므리고
세워서 들어 올리기도 하고 짧은 시선 맞추기와 다리를 버둥거리며
놀기를 좋아하고 엎드리면 투사가 되어서 흥분하고 기던 너

가끔은 아직도 자궁의 통증을 느끼는 엄마가 아프다

# 눈길을 잡고 말을 건네는 너의 인력

   살아있다는 것은 상체를 살짝 일으켜 팔을 내어 뻗어
이야기를 떼어놓기
   약간의 약을 올리고 반응을 기다리는 것은
   꽃과 그늘처럼 혹은 눈과 발끝 사이의 여백과도 같다
   막연한 시선을 잡고 엄마가 있는 쪽으로
   고개를 돌려줄 줄 아는 예의 있는 너,

   뭔가 요구하듯이 웅얼거릴 때가 있는 너의 반응을 얼
마나 신께
   감사를 드렸던지 사랑은 서로 붙잡는 눈이 마주친 거
리 같다

# 갑자기 그 생각이 든다 뭐지?


작은 소요다 우유를 먹기 싫다는 의사표시로 기침을
하는 너는
'아림아 속상하니, 어쩌지?'하고 울먹이는 흉내를 내
면
눈물을 글썽이며 입을 삐죽대었지


졸리면 짜증부리는 안아달라는 의사표시로 징징대는
모습과 엄마보다
나은 방향감각은 아주 탁월했었지


매일 배우고 지우는 '엄마'와 '아빠' 소리에 슬펐던 날
목을 가누며
고개를 끄덕거리거나 불안전하지만 두리번거리며
약간의 목 가눔을 지탱하는 모습에 너의 무게를 감당
하던


통증도 잊어버리고 행복하게 혼자서 미친 듯이 웃던
엄마는

지금도 컴퓨터 앞에서 두런거리며 잊어먹기를 반복하며

자신을 질책하는 버릇을 놓지 못하고 있다.

# 가족은 곧 자극이고 기억이다

  타인의 목소리를 기억하려고 하거나 이모나 외할머니
와 전화통화 시 더듬는
  눈빛을 느낄 수 있었다 의성어로 반응하는 아이의 입
에 과자를 넣어주며
  손으로 밀어 넣을 때 한 생명과 한 생명이 숨을 나눈다
는 것을 배웠다

  양손을 번갈아 사용하며 손의 기능을 즐긴다는 것 몇
가지 안 되는 것 같지만
  그것도 신의 선물임에는 틀림없다 쾌감이 있다는 것이
다

# 똥

앞이 보이지 않아도 방향성을 잃지 않는다 결국 나름 대로 의사표시를 한다는 것은 뇌가 대부분이 스펀지처럼 퇴화해버려도 가능하다 먹고 싶을 때 누군가 음식을 먹을 때 '음냐'를 반복하며 먹는다 맛있다는 것이다 짜증 부리며 기다릴 줄도 안다 엄지손가락을 손바닥만으로 넣은 채 주먹 쥐기도 여전하다 꿈에서도 나는 아림이를 후각으로 만지고 있었다 그때는 먹은 자만이 쌀 수도 있는 특권에 놀라 다들 도망갔다

2부

# 12월 5일 나는 시인 이상을 이해하고 있었다


오전 7:30분 /Ⅱ.11:00/Ⅲ.pm 3:30~5:00/Ⅳ.pm 9:30~12:00 경기 9회가

전부인 하루 동안 나는 미친년처럼 울고 웃기를 반복했다


장난감을 입에 문 채로 양손을 번갈아 가며 이용하여 놀 줄 안다는 의미?

전화통화로 소통하는 엄마의 일상을 귀에 익숙한 사람에게는 혼잣말처럼

말대꾸한다는 것의 通誼(통의)정도에 시인 이상도 점점 미쳐가며

스스로를 도식화했듯이 나도 그러하고 있었다

# 목욕을 시키면서 울었다 아니 웃었다

보문산에 살던 새들이 홰를 치고 있었나보다 사정공원
너머 고라니 소리가 들리고 너는
일어서기 시 다리가 안쪽으로 모이며 까치발처럼 세우
더니 안아주면 두리번거리는
목 가누기를 하고 있었다

물속에 들어가자마자 손바닥으로 물장구를 치고 미소
를 지으며 즐거워한다 밖에는 여전히
눈발이 짙게 드리우고 있었는데 어디선가 억장이 무너
지는 소리가 들리곤 했었다

# 몇 년을 혼자서 동춘당을 2시간 동안 걸었다

우유를 거부하며 잔기침을 하는데 파리한 손목과 몸은 깊은 바닷속 물고기처럼 투명하게 보였다 "딸아" 어미에게 있어 그것은 제일 싫은 형벌에 가깝다

혼잣말은 수화처럼 낯익다 얼굴을 쓰다듬고 손가락으로 코와 입을 쓰다듬는 하루
어미의 속은 이미 비탈에 선 겨울나무처럼 거무튀튀하다

엎드리면 허리와 배를 한쪽으로 살짝 들어 올리지만 전진하여 기어나가지 못하는 것은
신의 형벌 같았다 화가 났다

하루를 목이 메어 삼키는 날이 무엇인지 모르게 지나는 너는 천형이지만 나는
천벌에 가깝다는 생각이 들었지 지금은 그마저도 그립다

# 풀잎

풀꽃이 바람과 노니는 이야기 같다

바람을 무릎 위에 올리듯이
다리를 들어 올리며
좋아하는 장난감은 너의 몸에서
자라는 詩(시) 같아서
대화를 유도해보지만

그러지 말라며 툭툭 때리거나 치며 엄마를 놀리고는
했지
다가가고 싶지만 너는 작은 혼잣말로 소리를 내며
거부하고 있었다

풀꽃이 바람을 밀어내듯이 그렇게

# 치즈


몸을 안아 일으키면 다리를 오므리며 긴장을 한다
볼살이 오르고 체중은 뼈를 세운다 목련처럼
목은 아직 가누지 못하지만 소리를 지르거나
놀이를 즐긴다

엎드린 오체투지는 나에게는 작은 희망이었다

# 아침

갑자기 보문산을 느끼고 싶었다 돌아서며 엄마가 '아'
하고 소리를 내었다
재밌다는 듯이 여러 번 혼자서 '아' 소리를 내고 즐거
워하는 너를 본다

묘한 긴장을 느끼는 서로가 안아주면 엄마를 향해 시
선을 주는
너그러움을 드러낸다 정확하지 않은 눈길이 슬픈 날도
낮잠을 자는 틈을 타 병상 일기를 적어나간다

피가 명치끝에서 붉게 꽃처럼 맺힌다

# 반응


'아림아 예뻐라' 하고 말해주면 엎드린 채 얼굴을 더듬으며 좋아했다


꽃도 마음을 열어 물을 주면 새벽 기운에 영롱한 감동을 주는 것처럼
왼손으로 오른손으로 번갈아 가며 만져주면,


엎드린 상태에서도 상체를 살짝 일으키며 다리를 번갈아 움직여본다
스스로 다리 세우는 중에 조금씩 긴장 정도에 따라 서로를 잇는
그 길이 초점을 맞추거나 안아주면 정확한 시선이 아니어도 눈물 나게
고마웠다

# 감기

　차라리 목울대가 없었으면 좋겠다는 생각이 들었습니
다
　가마우지처럼 맑은 물이 가득한 곳에서 하나씩
　아이를 위해 선명하게 내어놓고 싶었습니다

　하지만 가장 중요한 것은 아이의 상태를 인정하지 않
는 점입니다

　병든 사과도 벌레들에게는 아름다운 유혹이라는 것을
　스스로 살며 사랑하며 배우는 것을 이제야 알겠습니다

# 딸

오늘은 케니G야 하루를 행진곡처럼 혹은 마지막 노을
처럼 즐기렴
엎드려 기어갈 때도 한 나라를 침범하는 병정이 아닌
신에게 다가가는 오체투지가 되어
살아온 날과 살아갈 날에 너의 수가 더해지기를 바란다

엄마는 그렇다 딸아

# 기울기

　옆으로 삐딱하게 가눈다 정면일 시에는 목을 약간 내
밀어 가눔으로
　촛대에 기댄 꽃처럼 아름답다 엄마의 사랑이 기우는
쪽은 늘 해가
　아니라 아림이 너였다

　절반은 기운 없고 수면시간이 길어질수록 멍하니 창을
바라본다

　간간이 다리를 오므려 들어 올리며 놀이를 즐기는
　내밀함이 문득 낯설다 아랍 어느 나라의 궁궐의 황녀
의 방을 엿보듯
　발을 만져 주거나 주무르기할 때 간지럼을 타는 너는
　칡 등걸처럼 몸을 비틀며 웃는다

　무릎관절 강화를 위해 배에 대고 푸쉬해주면 신경질을
부리는데
　꽃이 곤충을 부르듯이 나에게 화분과 꿀을 내어놓는

너는
오늘을 사는 나의 의미다

# 퇴행

　오늘은 경기로 시작하는 아림이 '크으'하며, 힘든 숨
을 쉬면서도
　손때 묻은 주변의 물건들을 만지작거리거나 더듬는 것
을 즐긴다

　엄마의 목소리, 음악 소리에 반응을 즉각적으로 하는
너의 의사가
　정확하다 애절한 눈길을 초점 맞추기를 하지 못하는
데도
　짝사랑처럼 절박하게 시선을 맞추지만 야속하다

　아직 꽃멍울처럼 단단하다

# 길

엄마의 간단한 반응을 따라한다 '으이그' 하면 '으이
그' 하며 메아리처럼 따라하고
손을 내밀어주면 손바닥을 내어놓는다

오늘은 발목이 유연하고 다리를 세우는 즉시 다리 떨
림을 시작한다
이 초 삼 초 하며 숨이 멎는다 해가 얼마나 지나갔는지

밤마다 밤길을 더듬듯이 너를 태우고 드라이브를 한다
밤꽃향이 진하다

# 세월호

다리를 차듯 움직이며 노는 것을 즐기던 모습이 선연
하게 떠오른다

팽목항 앞바다에 번갈아 움직이는 배들이 TV화면에
중계되고 있다

제대로 몸이 움직이지 않으면 짜증을 부렸는데 저 아
이들은

누구를 향해 짜증을 내었을까?

# 미명

전반적으로 기분이 좋구나 하루 종일 무언가를 애기하
듯 웅얼거리는데
지치지도 않네 꿈처럼 엎드려 바닥을 치며 애기하거나
똑바로 누워
얼굴을 매만지는 애기는 나와는 거리가 멀다

새벽, 생목이 가득한지 너와 나의 상이한 파장에 힘들
어한다

# 달맞이꽃

꽃들이 그러하다 한 팔로 의지한 채 다른 한 팔은 본능처럼 쓰다듬는 얼굴로 웃는

엉덩이를 살짝 든 다리를 움직이며 달을 따라가는 달맞이꽃처럼

but 배를 약간 들어 올리고 하지만 팔은 잘못 움직이는 상태가 여전하다

여래의 질투일 것 같다

# 오목눈이

참새과 딱새 목에 속하는 흰머리오목눈이를 제주도에
서 봤다

몸이 가늘고 꽁지가 길며 붉은머리오목눈이와는 달리
머리 날개 위쪽 부리와 꼬리 발은
검은 갈색이며 배 부분이 흰색이다

어느 날 내 인생에 들어와 집을 짓고 사는 너는

혼잣말을 잘하고 놀이를 즐기면서도 의성어에 익숙한
소리를 들려주며
엄마의 소리나 움직임이 느껴지지 않으면 짜증부리며
울어버렸지 경기가 날 때면 나도 경기가 나는 어쩌면
숲은 우리의 천형이자 축복이지 않을까?

# 슬기

덩치가 작은 아이가 식사는 감기에도 불구하고 잘한다
다리를 버둥거리기는 하지만

기어갈 때 어깨 힘에 의지하는 것의 원동력이라 감사
하다 새처럼 지저귀지 않으면

하루는 머털도사 백팔요괴편에 등장하는 한님의 나라
에서 유명한 도둑으로

생명의 물을 노리고 있다 어미의 배에 양수가 가득할
때 들어앉아 생명의 물을 마셔버린

녀석이다

# 경주

경주 남산이나 도투락이었던 것 같다 좋아하던 모습이
선연하다

일 년에 한두 번은 꼭 갔었지 부처님 불상이 많은 곳
돌탑처럼 혼자 놀며
그늘을 만들고 그 안에 몰래 소리 없이 돌아다니며
엄마와 인력이 미치나 안 미치나 확인하던 눈이 묵빛
염주 같았지

약사여래의 노을 같은 미소가 네게 미치기를 얼마나
빌었을까
세어보고 싶네

# 냄새

　야생화 군락지에 살던 한해살이풀처럼 나아짐과 퇴행을 반복하는 그것을 장애라고 규정하기에는 '엄마엄마' 하는 소리가 너무 예쁘다 한동안 소리를 하지 않더니 웬일로 인심을?

　마사지는 싫고 주무르는 것은 좋은 변덕쟁이 변비에 똥냄새는 어찌나 심했는지
　애기똥풀보다 너는 셌어 요것아 어딘지 모르게 호전반응을 보이면 엄마는
　어깨 한축이 내려 앉았단다

　어두운 방에서 주무시던 큰스님처럼 눈을 찌푸리던 너 엄마를 향해 너그러울 때는 시선을 줄 때였어

3부

# 강

호떡 먹으러 갔을 땐가 대청댐이었을 거야 하도 슬퍼
서 허리가 굽어지도록 혼자 울다가
너를 부둥켜안고 운행을 했지 엎드려 가지도 않고 팔
과 다리를 축 늘어트린 채 의욕 없이
경기와 눈 흔들림 굳어지는 몸 짜증을 부리는 날이면
죽고 싶었다

달처럼

# 활2


윗몸을 일으키기 위해 팔뿐만이 아니라 아랫배에 힘이
들어가지 너는 힘이 더 강해졌지
　형체가 보이지 않지만 그래도 윤곽이 있는 쪽으로 향
하는 것이 풀꽃 같았다
　엄마의 소리와 움직임에 반응하는 것은 그래도 내게는
축복이었다


　후로 나는 세상의 모든 장애인들에게 활처럼 휘며 모
심을 배웠다

# 상처

　짜증부리며 싫어하는 것은 긴장을 주는 일인가 봅니다
아침에 허락 없이
　몸을 만져 일으켜 세웠으니 필시 곤란한 하루입니다

　내 골육이 생명이 되어 불편한 고로 나는 그 죄만 가지
고도 용서가 되지 않습니다
　안아 일으켜 주면 끌어안을 줄 알기 때문에 나는 면죄
부를 받았습니다

　사랑은 늘 남모르게 상처로 깊게 더듬는 것입니다

# 세상

고추대처럼 살아야 할 것 같습니다. 무릎을 세우고 목
을 가누고 말을 하고
엉덩이를 들어 올리며 한 바퀴 뱅그르르 돌아가는
인생이라고 그러지 맙시다

내 딸이 장애인이라서 가족까지 장애인 취급은 어렵지
요 식당
손님으로도 불편했던 적도 많았지요 죄송했었습니다

이제는 소천한 딸을 더듬고 세상의 장애인들을 벗삼아
조금은 그러지 않은
사람이 되려고 합니다 가리지 않고 숨기지 않고 있는
그대로
꽃처럼 살아보려 합니다

# 독백

아림아 한 중증 장애인 오빠가 하나님에게 물어 보았대

스스로의 모습이 믿기지 않아서 사람의 형상이 아닌 것 같아서

사람이냐고 물어 보았대

스스로 목사가 되겠다고 또 물어 보았더니

목사가 되어도 좋다는 응답이 있었대

그럼에도 허락받은 이야기를 이웃들에게 말할 수 없던 것은

인간의 편견이 빚은 경계심

매일 엄마가 아림이를 안고 세우고 걷고 힘에 부치면

실컷 웃던 그 길에서 만난 이야기가

그곳에서는 어떠니?

# 편지

   동생이 편지를 쓰더구나, 어느 모 회사의 장학금을 받기 위해서

   작지만 너와 화해하던 모습을 그리고 있었다

   한 편의 시로 백일장에서 상을 받고 장애인 가족이 살아가야 할

   이야기를 했었지

   채택보다는 그리움이 먼저고 막내가 예쁘게 자랐고, 엄마의 억척스러움과

   가족의 이별을 그리고 있었다

# 다짐을 하며

해체된다는 것은 작은 삭정에서 꽃이 피는 것처럼
서글픈 것이다

아빠 없는 사진을 처음 찍는데 아림아 추운 바람에 동
생들이 뭔가 부족해 보여
하지만 있을 때나 없을 때나 쓸쓸했겠지만 우리 아림
이를 생각하는 마음이 웃자란
동생들을 엄마는 무엇으로든 지켜줄 거란다

# 꽃비

타작이 끝나고 태우는 짚불이 날리는 것 같다
타들어 가는 마음이 겨우 얇은 홑겹 천처럼
날아와 손등에 착 달라붙는

너의 영혼 같다

# 잃는다는 것

작거나 크거나 혹은 집단이거나 스스로의 선택이든 타인의 선택이든
좋아하는 사람들은 없을 거야 그렇지?

배가 가라앉는데 아림아 너 만한 아이들이 한꺼번에 수장되며
'엄마 아빠 사랑해요' 라고 문자를 쓰거나 영상을 보내거나

외계에서 오는 모르스부호 같았다

모르는 척 연기였다는 스토리 보드가 몇 해 지나 밝혀지고
참담함은 그냥 고기 연기 속의 벚꽃 축제 같았다

# 애기똥풀

변비가 치료되어 좋았다 허리 힘이 강화된 것이지 그
리고 너는 스스로 용변을 보는데
엄마는 애기똥풀이 하늘거리는 것으로 보인다 웃기지

까치발을 들고 다리는 종전처럼 긴장이 들어있지만
촛대를 뗀 고추모 같은 느낌 아무튼 그랬다

사랑은 늘 정신없는 것 그렇지? 지금도 엄마는 산만하
고 정신이 없다
너처럼 새침하기도 해

# 起電力(기전력)

세상은 도체처럼 일정한 전위자를 보유하고 있다 전류
를 흐르게 하듯이
  삶의 원동력이 되기도 하고 생물학적 기전력을 통증
혹은 영혼에 의한
  기전력을 발생하고 있다 단위는 파동, 유전력, 경기반
응 등


  짧게 눈 깜짝 할 새 지나간 경기로 축 늘어진 너를 되
안으며
  울던 날에 깨달은 자연법칙

# 안락사


　한 번도 돌이켜 묻거나 생각을 하거나 해보지 않는 명제다 그래서 더욱 충격 스럽고

　곤혹스러운지도 모른다 치료라는 이름으로 환자의 권리를 빼앗고 죽음보다 더한

　고통을 주는 때도 있다는 사실이 아프다


　스위스의 조력 자살을 보며 많은 생각이 스쳐간다 민들레처럼 훌쩍 공중에 몸을 부리거나

　아이들이 불어주는 호기심으로 공중에 떠돌고 싶을 순 없을까?

# 개양귀비

　체혈실에서 피검사를 하고, 황용승 교수 상담을 하고,
일기를 쓰는데 관심을 보이는
　아림이, 각종 검사 후 수술 가부를 결정하기 위한 논의
를 하기로 하였던 날

　동공이 흔들리고, 눈에 띄지 않을 정도로 짧은 경기를
서너 차례하고
　엎드려 뒹굴거나 손주먹을 쥐고 마주치기를 즐기며 엄
마가
　자신의 놀이에 관심을 보여주기를 요구했다

　세상에 장애인 가족들의 이러한 절박함이 가득한 무료
한 고통을 아는 이 몇이나 될까
　문득 묻고 싶었다

　체혈을 하는데 주사기를 타고 들어가는 아이의 혈액이
문득 개양귀비처럼 선명하다

# 반복, 기다림, 희망

팔과 손에 힘을 주고 보조자의 유도에 잘 적응한단다
배와 허리에 힘을 주며 고개를 앞으로 숙여 힘의 균형을
유지한다 일으키는 상태에서 뒤로 살짝 밀어주었을 때도
앞으로 몸을 당겨 앉을 수도 있다를 17년을 하다 소천했
다

반복했고, 선연하게 눈앞에 기록하며 레테의 강을 건
너길 얼마나 헤매었는지 모른다 사론에게 건네는 동전을
준비하기 위해 아이를 시설에 맡기고 기다리는 면회시간
을 얼마나 기다렸는지 모른다 조금씩 모아진 돈을 가지
고 전국의 병원을 떠돌기를 몇 년을 했는지 모른다 아니
잠들거나 눈을 뜨거나 지금도 기전력을 느끼며 참담한
아침을 맞으며 아름답게 세상과 이별하기를 준비하고 있
다

희망이라면 아이와 이별하며 약속했던 긴 싸움 세상과
의 더딘 싸움을 통하여 다른 장애인 아이들과 가족과 돌
아올 집을 마련하기 위해 노력하는 것 한해를 풀잎처럼

살아오고 눕는다 그것이 나의 詩(시)요 그것이 바로 희망
이다

# 천인감응(天人感應)의 모성애와
# 겸하부쟁(謙下不爭)의 노래

『통증, 너를 기억하는 신호』는 박지영 시인의 세 번째 시집이다. 그 표제가 언표하는 바와 같이 '모성애'라는 것은 천인감응(天人感應)이라는 절대적 명제로 佛家(불가)적이거나, 老子(노자)적 함의 즉 생태적으로 서로의 기감을 느끼는 기전력이라고도 할 수 있다.

이 시집은 하루하루가 고단하여 견디는 장애인 아이와 부모의 정서적 메마름, 가족간에 소통되지 않은 시공간의 임재, 인간의 일상의 행위에 가치를 주는 믿음으로 살기에 불확실한 명제가 드러나는 믿음의 부제를 사회적 인드라망 혹은 장애라는 천형을 앓고 있는 궁극의 규정이 만들어낸 많은 장애인과 그 가족에 관한 사회적 문제를 드라이하게 드러내 놓고 있다.

즉 생태적 환경에 환기하는 '개인적 아픈 기억의 반추'에 관하여 소천한 딸의 병상일기에 근거를 둔 실존적, 사회적 인식의 개연성을 씨줄로 하고 장애인에 대한 사회적 편견과 부조리함이 지배하는 자본주의의 공간으로 날줄을 엮어 나가고 있다.

'오래된 묵언을 감아 나서는 길 / 하늘에 닿은 눈물 / 얼음점으로 허공을 날아다니고 / 헐렁한 외투 붉은 목도리/ 시간을 넘는데 더딘 몸 / 살아야 하는 이유는 수백 가지/ 온몸을 할퀴고 지나간다/ 자주 묻지 못한 안부/ 심장에 박힌 가시 하나 반가운 통증으로 되오는/ 〈박지영 시「통증, 너를 기억하는 신호」전문(2013년 2인 시집 동박새 수록)〉'은 현재 뉴에이지 음악으로 작곡되고 바리톤 정경에 의해 널리 불리고 있다.

여성성을 가진 여성이 아이를 생산한 산달의 '통증'이 전해질 때마다 장애를 가지고 살던 아이가 17살의 꽃다운 나이에 소천해버린 일상의 충격을 기억하고 아이가 태어나거나 소천한 날이 되면 그 달 내내 느끼는 통증이 차라리 반가웠다는 시가 불리어 지고 있는 이 시집은 T. S. 엘리엇이 1922년 출간한 황무지(The Waste Land)에 실린 "한번은 쿠바에서 나도 그 무녀가 조롱 속에 매달려 있는 것을 보았지요. 애들이 '무녀야 넌 무얼 원하

니?' 하고 물었을 때 그녀는 말했지요 '죽고 싶어'"라는
장면과 시대를 달리하지만 많이 닮았다.

　'아림아 고개 들어' 하면 고추대에 기댄 꽃이 환하게 피었
다 분수대 앞에서 뛰노는 아이들의 소리와 물바람이 살포시
지나도 초점이 맞지 않는 안경을 쓰듯이 반응이 없었다

　문화동 극동아파트에 사는 너는, 한 계절을 곧추세우는
고추대에 묶이어 핀 꽃이었고, 달을 향한 너의 머리 위로는
기러기가 지나갔다
　　―「모종」 전문

　포말이 부서지듯이 커튼을 걷는 순간 눈부시게 자신의 놀
이에 익숙해진다는 것을 알지
　아림아 스스로의 시간표대로 움직이려 하고, 놀이 감각을
잃으면 안 돼 그렇지?
　다른 사람이 자신의 물건을 만지는 것에 예민할 수밖에
없으니까 너는 음악의 뮤즈처럼
　반응하잖아

　손바닥으로 얼굴을 부비거나 입에 대고 '아' 하며 놀이를
즐겨볼까 어제를 오늘이 기억을 못하듯이 늘 그래왔듯이 다
리 떨림은 내게는 감동이다 뭐 올림픽 금메달 정도?

고갈된 양수 속에서 푸석거리는 추락을 맛보다 태어난 너를 향한 나의 발원은 밤을 낮으로 알고 주무르는 기도 같은 시간이 전부일 뿐 그때마다 너는 위로를 하듯이 사이에 다리에 힘을 주며 뻗는 그 싱싱함이야 말로 바다에서 건져진 물고기처럼 혹은 '난'의 촉이 환하게 향으로 밝히는 것 같은 감사한 시간이었다는 것을 알지?

　—「어제를 잊고 오늘을 처음처럼 시작할 때」 전문


박지영 시인의 시는 삶과 죽음에 대한 경계에서 솟는 정화수처럼 "왜 살아야 하고 소멸되어지는 것들에 대한 시의 효용성과 문학이 주는 임재적 가치의 위로 즉 "희망이란 오늘을 견디는 것"에 대한 매뉴얼이 될 수밖에 없는 등가의 법칙을 대놓고 설명한다. 매일 경기가 오고 쇼크가 있는 아이와 함께 해열을 위해 안고 얼음물 속으로 들어가는 어미의 마음이 다음의 시에 징표로 살아오고 있다.


T. S. 엘리엇은 이렇게 표현했다. "4월은 가장 잔인한 달 / 죽은 땅에서 라일락을 키워내고 / 추억과 욕정을 뒤섞고/ 잠든 뿌리를 봄비로 깨운다. 겨울은 오히려 따뜻했다. 잘 잊게 해주는 눈으로 대지를 덮고/ 마른 구근을 약간의 목숨을 대 주었다……. (중략)" 『황무지 Ⅰ』. 「죽은 자의 매장」 중에서처럼 소천한 '아림'이가 지금은 통

증마져도 반가운 6월은 잊지 못할 가장 잔인한 달이었는
데도 이중적 시적 장치를 통하여 자신의 슬픔을 극복해
내고 있는 모습은 또 다른 통증을 안고 사는 많은 이들에
게는 역설적 희망이 되어 건네지고 있는 것이다.


　더위에 지친 도라지꽃처럼 다리에 전체적으로 힘이 없다
숨의 주인은
　기분이 좋지 않는 날이다


　반복하고 잊어버리는 풀꽃처럼 세우기, 엎드려 기어가기,
기존의 행동, 상대의
　똑같은 반응에 싫증을 느끼는 느낌이 든다


　시작은 늘 창대하였으나 아림이의 재활은 재난에 가깝다
들숨에 가까운 일상이기
　때문에 더욱 그러하다
　　―「직립」 전문


　양수가 말라 조산으로 태어난 딸 아림이는 뇌가 스펀
지처럼 구멍이 나 있었고, 앞이 잘 보이지 않았으며 앉거
나 일어날 수 없고 배변을 매일 도와주어야 했다. 그렇게
17년을 치열하게 살다가 떠났다. 위 시는 "날숨"이 없고
"들숨"만 있는 삶의 신산이 그대로 드러난 文心(문심)의

함의 즉 유협의 말을 빌어 설명하자면 "문학에서 관찰과
이해를 토대로 한 情志(정지)"로 박지영 시인의 시 「직립」
은 잘 풀어낸 수작이라고 할 수 있겠다.


　　메아리처럼 혹은 메일링처럼 1997-11-10 찡찡대며 안아
달라는 신호가 왔다


　　알을 깨고 나오는 눈과 볼을 손으로 부비며 '어이', '아',
'으' 의사표현이 복잡해졌다
　　모든 것이 계절의 상징처럼 꽃들이 기호처럼 보이듯이 계
절은 문득
　　여름을 지나 가을로 접어들며 팔랑거리던 나비가 베란다
를 훌쩍 뛰어 넘는다


　　소리의 연음을 내며 엎드려 기어갈 때 낮은 포복에 엉덩
이를 번갈아 움직이며
　　앞을 향할 때 조타수의 손길이 느껴지는 숨은 가늘게 떨
림으로 생명이라서
　　내 소중한 뱃속에서 기어 나온 손님이라서 지극하였다
　　ー「다양성」 전문


　　박지영 시인의 「다양성」 전문을 보면서 유협의 말을
빌자면 雕龍(조룡)의 말의 뜻은 용의 무늬를 다듬는 것으

로 조각상의 섬세한 기교를 말함인데 문학에서 말하는 형식미에 과한 관심을 의미한다고 전제를 두면 박지영 시인의 시는 경험되어진 삶에서 '반추'하는 것은 인생의 지난함에 대한 견디는 것의 조롱을 말하고 있다.

사업이 망하고 삶의 뉘가 나는 데도 남편과 좋은 친구로 남기로 하며 같은 해 어머니와 딸을 잃고, 남은 아이 둘을 데리고 홀로 지난한 삶을 이끌고 견디며 죽은 아이와의 약속을 지키는 '장애인 문화운동'이 남은 아이 둘의 인생을 증인으로 두고 詩心(시심)을 잃지 않았다. 사회의 편견과 대치하며 사무실에 둥지를 틀고 매일 문턱을 넘는 많은 장애인들에게 '누나'가 되어 있었다. 박지영 시인의 녹녹치 않은 삶이 사람들에게 知行合一(지행합일)의 검날 같은 실행력을 가지므로 교훈적 가치를 전도하는데 부족함이 없다. 아래의 시 두 편의 전문을 보자

　　이상우의 노랫말처럼 그녀를 만나기 전 3미터 앞이다 '아림아, 얘, 어이'하고 부르자
　　잠시 눈을 맞춤은 입맞춤 같았다

　　혼잣말 주로 모음 위주로 떠들어 대자 '아', '으', '이', '야', '와오'라는 비명에
　　가까운 소리를 지른다 오늘은 기운이 좋으시네

어깨를 이용한 힘에 의지해 나아가는 중에 다리를 노처럼
사용하시는데 망중한의
　시간에 그마도 기적이다


　며칠 잠깐 감기 다녀가시고, 가끔 경기할 때 시간이 길어
져 가슴이 오그라진
　할미꽃 같은 나는 그마져 그립다는 생각이 들었다 한참
뒤에서야
　　—「아림이」 전문


　달을 가로질러 나르는 새들처럼 의식도 시간의 경계 사이
로 흐른다


　풀꽃처럼 상대를 의식해 대화를 요청하는 반응이 늘 새롭
다
　물끄러미 달을 보듯 쳐다보는 시선이 단조롭다 이렇듯
　환자와 가족의 경계는 모호하다


　가끔 잠꼬대를 하는데 잠결에 소리를 지르거나 웃거나 신
경질적 반응은
　자다 놀라 깨어난 나의 질문은 매번 같다 '아림아 왜?' 라
고,
　아림아 꿈꿨어?라고 묻거나 "엄마 옆에 있어"라고 해주지

못했을까 라고
　되물을 때가 많았다


　지리한 폭염, 긴 가뭄처럼 고추대처럼 섰던 목 가누기가
변화가 없다
　—「늦더위」전문


　변화가 없는 매번 똑같은 삶 속에서도 조류의 간만의
차가 있기도 하다. 환자와 가족 간의 관계, 장애인과 소
외계층에 대한 인식, 제도의 핍박이 가져온 삶이 아림이
와 소천하기 전까지의 삶이 전반기의 삶이었다면 후반기
의 변화는 박지영 시인의 삶을 '시인'으로 '장애문화운
동가'로 투쟁하게 만든 것이라고 할 수 있겠다.


　천인감응의 삶이 우주의 법계가 만든 진수는 동성상응
하게 만든다는 점이다. 삶의 지난함이 가져다 준 박지영
시인의 삶이 사회적 장애인들에 관한 왜곡된 시선에 대
한 제도개선은 물론 장애인인식개선과 인권 문제 그리고
여성의 문제에까지 확장성을 가진 활동가로 탈바꿈 하도
록 촉발하는 계기를 만들었다는 점이다.


　그것이 바로 본인이 추구하던 문학과 삶이 현장성 있
는 개연성을 갖게 만들었다고 뒤늦게 알게 된 것이며 필

자가 말한 박지영 시인의 시에 침착되어 있는 겸하부쟁의 정신이 시적 외연을 확장시켰다 라고 볼 수 있었다.

　　살아서 움직인다는 것과 살아있다는 것은 장난감 걸이에서 장난감 떼어놓고 노는 것 같다
　　배 위에 올려놓으면 배에 힘이 들어갔지 가끔 다리를 오므리고
　　세워서 들어 올리기도 하고 짧은 시선 맞추기와 다리를 버둥거리며
　　놀기를 좋아하고 엎드리면 투사가 되어서 흥분하고 기던 너

　　가끔은 아직도 자궁의 통증을 느끼는 엄마가 아프다
　　　　　　　　　　　　　　　　　　　—「가끔은」 전문

　　위의 시는 시집 전체를 관통하는 '모성'의 개연성을 확보한 좋은 작품으로 보인다. 아이를 생산한 엄마들은 아이가 태어난 달을 반추하여 보면 묵직하게 아파 오거나 통증이 느껴진다고 한다. 박지영 시인은 섬세하고 삶을 생각과 행동의 일치를 위해 노력하는 사람임을 알 수 있는 대목이다. 아이의 재활을 챙기면서도 장애를 부정하기보다는 순응하여 아이와 탯줄을 통해 하나가 되었던 내밀한 원시성을 시적 구조 혹은 장치로 드러냄으로써 현실의 부정적 情志(정지)를 극복하고 시적 공간 확보와

T. S. 엘리엇이 말했던 "이 움켜잡은 뿌리는 무엇이며, 이 자갈더미에서 무슨 가지가 자라 나오는가?"라고 묻는 답을 찾은 듯이 보였다.

보문산에 살던 새들이 홰를 치고 있었나보다 사정공원 너머 고라니 소리가 들리고 너는
일어서기 시 다리가 안쪽으로 모이며 까치발처럼 세우더니 안아주면 두리번거리는
목 가누기를 하고 있었다

물속에 들어가자마자 손바닥으로 물장구를 치고 미소를 지으며 즐거워한다 밖에는 여전히
눈발이 짙게 드리우고 있었는데 어디선가 억장이 무너지는 소리가 들리곤 했었다
―「목욕을 시키면서 울었다 아니 웃었다」 전문

박지영 시인이 부정적 심정을 그대로 숨기지 않으므로 詩(시)는 끊임없이 희망적이다. 매일 반복된 재활은 아이에게는 고통과 생명의 임계점을 '수명'이라는 연계성을 드러낼 때 어제와 오늘 내일이 그려낸 그림은 슬프다 장애 아이를 가진 부모들은 신화 속의 시지푸스처럼 반복적인 행위에 대한 절망의 상황에도 스스로의 삶을 돌보지 않는다.

우유를 거부하며 잔기침을 하는데 파리한 손목과 몸은 깊은 바닷속 물고기처럼 투명하게 보였다 "딸아" 어미에게 있어 그것은 제일 싫은 형벌에 가깝다

혼잣말은 수화처럼 낯익다 얼굴을 쓰다듬고 손가락으로 코와 입을 쓰다듬는 하루
어미의 속은 이미 비탈에 선 겨울나무처럼 거무튀튀하다

엎드리면 허리와 배를 한쪽으로 살짝 들어 올리지만 전진하여 기어나가지 못하는 것은
신의 형벌 같았다 화가 났다

하루를 목이 메어 삼키는 날이 무엇인지 모르게 지나는 너는 천형이지만 나는
천벌에 가깝다는 생각이 들었지 지금은 그마저도 그립다
—「몇 년을 혼자서 동춘당을 2시간 동안 걸었다」 전문

아이를 지키지 못한 숙명에 관한 화와 살아온 지난한 삶과 혼자 스스로를 기댈 곳이 없어 매일 동춘당을 2시간씩 걷던 밤마다 꿈속에서 살갑게 만나 보던 아이와 무의식과 의식 사이의 경계를 허물어내는 "참으로 아프고 간절한 시"다.

풀꽃이 바람과 노니는 이야기 같다

바람을 무릎 위에 올리듯이
다리를 들어 올리며
좋아하는 장난감은 너의 몸에서
자라는 詩(시) 같아서
대화를 유도해보지만

그러지 말라며 툭툭 때리거나 치며 엄마를 놀리고는 했지
다가가고 싶지만 너는 작은 혼잣말로 소리를 내며
거부하고 있었다

풀꽃이 바람을 밀어내듯이 그렇게
—「풀잎」전문


　　이 시집의 시편들은 시인의 딸과 사회 구조 속의 어머
니와 여자의 이야기이다. 부정을 드러내고 희망을 갖지
않도록 인정하는 박지영 시인의 詩(시)는 천인감응의 모
성애를 바탕으로 한 겸하부쟁의 공간에 노자의 무위사상
을 바탕으로 만류귀원을 통하여 현실적 통증의 공간을
극복하고 현생과 내세를 잇는 의식과 무의식의 경계를
풀어내고 있다.

죽은 자만이 산 자의 의식을 깨울 수 있고 산 자만이 죽은 자의 기억을 되살릴 수 있으니 형체는 없으나 있는 것과 같고 자연으로 돌아가는 것이 물과 같으니 이 또한 자연의 이치에 순응할 뿐이다. 다음 시를 읽으면 박지영 시인의 삶에서 시는 무엇인가를 들여다 볼 수 있다.

차라리 목울대가 없었으면 좋겠다는 생각이 들었습니다
가마우지처럼 맑은 물이 가득한 곳에서 하나씩
아이를 위해 선명하게 내어놓고 싶었습니다

하지만 가장 중요한 것은 아이의 상태를 인정하지 않는 점입니다

병든 사과도 벌레들에게는 아름다운 유혹이라는 것을
스스로 살며 사랑하며 배우는 것을 이제야 알겠습니다
―「감기」 전문

유협이 말한 "사람은 일곱 가지 감정을 가지고 있어서 외부로부터의 자극에 반응하고 감응하여 그 뜻을 노래하게 되고 그 모두가 자연이 아닌 것이 없다"고 말한 것과 같이 박지영 시인의 시편들은 서정성을 획득하는데 사실과 진실이라는 명제의 선명성을 통해 인위적 조탁에 구조주의적 시를 쓰는 시인들에게 모범을 보여주고 있다.

참새과 딱새 목에 속하는 흰머리오목눈이를 제주도에서
봤다


몸이 가늘고 꽁지가 길며 붉은머리오목눈이와는 달리
머리 날개 위쪽 부리와 꼬리 발은
검은 갈색이며 배 부분이 흰색이다


어느 날 내 인생에 들어와 집을 짓고 사는 너는


혼잣말을 잘하고 놀이를 즐기면서도 의성어에 익숙한 소
리를 들려주며
엄마의 소리나 움직임이 느껴지지 않으면 짜증부리며
울어버렸지 경기가 날 때면 나도 경기가 나는 어쩌면
숲은 우리의 천형이자 축복이지 않을까?
―「오목눈이」전문


박지영 시의 특징을 살펴보면 첫째 균형 감각을 들 수
있겠다. 그러기 위해서는 文과 晢에 대한 조화로움이 있
어 메마른 현실적 상황과 제한된 공간과 시간의 단조로
움을 사회적 대의 명분과 대의를 위한 투쟁을 선택해 극
복하고 있다는 점이다.


박지영 시인을 만나 본 사람은 부담스러울 것이다. 삶

에 군더더기가 없다. 시적공간이나 시어의 선택 또한 사람 됨됨이에서 비롯됨을 그냥 안다. 결국 사상적 기조와 감정을 사실과 진실됨 그리고 실천력에 두기 때문에 의도를 가지고 접근하거나 말과 행동이 다르면 바로 결이 느껴져 사회적 가치의 함의를 균형감 있게 유연한 시적 서정성을 통하여 들숨과 날숨을 엮어 내어 놓을 수 있었다는 것이다.

박지영 시인의 『통증, 너를 기억하는 신호』를 통해 은밀하게 견뎌온 장애인 가족의 숨은 밑그림이 드러났다. 가족 간의 상처, 사회적 인식의 차에서 오는 편견과 왜곡, 사회적 제도적 차별 등이 결코 이웃이 아닌 가족사에서 드러날 수 있다는 경종을 울리는 계기가 될 작품들이다. 『통증, 너를 기억하는 신호』를 통하여 페미니즘을 뛰어넘는 문학적 성취를 이루었고, 사회구조적 생태시를 개인사와 사회적 운동성을 넘나들며 사회적 문제의 대안을 드러내었고, 사회적 욕구의 다양성에 대해 조정과 대안이라는 측면의 현실적 상황에 대한 기능성과 서정성을 시적 문학적 접근의 방향성을 볼 수 있었다. 그리고 이 시집이 생애의 또 다른 능선에서 기전력이 되어 많은 시인들에게 기력을 공여하였으면 좋겠다.